Elenita
Isabe
Romero
Cevallos

3er Grado
Florida
Colegio Americano
1996.

D0290909

Historias de Ninguno

Finalista del Premio El Barco de Vapor

Pilar Mateos

Premio Lazarillo 1982
Premio El Barco de Vapor 1981

 ediciones SM Joaquín Turina 39   28044 Madrid

Colección dirigida por **Marinella Terzi**

Primera edición: julio 1981
Decimonovena edición: diciembre 1995

Ilustraciones: *Gustavo Otero*
Cubierta: *José Luis Cortés*

© Pilar Mateos Martín, 1981
© Ediciones SM
  Joaquín Turina, 39 - 28044 Madrid

Comercializa: CESMA, SA - Aguacate, 43 - 28044 Madrid

ISBN: 84-348-0907-9
Depósito legal: M-40639-1995
Fotocomposición: Grafilia, SL
Impreso en España/Printed in Spain
Orymu, SA - Ruiz de Alda, 1 - Pinto (Madrid)

A Moncho

1 *Yo soy Ninguno*

SI ahora coges el diccionario y buscas la palabra NINGUNO en las páginas de la N, leerás que ninguno significa *nulo, ni uno solo, nadie;* sin embargo, por esta vez, le vamos a llevar la contraria al diccionario.

Ninguno existe, existe de verdad, yo lo he visto, no estoy hablando en broma. *Ninguno* es un niño pelirrojo que tiene cara de sueño, pero la cara nada más; por dentro está muy despierto. Si lo conocieras, te harías amigo suyo enseguida. Y no es difícil que te lo encuentres cualquier día por la calle, porque va a un colegio que está cerca del tuyo.

Ninguno, al principio, cuando estaba todavía en primero de básica, no se llamaba así. Ese nombre se lo pusieron después; pero nadie se acuerda ya de cuál era el suyo verdadero. Tampoco tiene importancia. A lo mejor se llamaba como tú, o como cualquiera de tus amigos.

El caso es que, mientras sus compañeros y sus hermanos iban creciendo de día en día, y había que sacarles a todo correr el dobladillo de los pantalones, *Ninguno* se lo tomaba con mucha calma; parecía que no tenía prisa en crecer, y se quedaba tan pequeño que tenía que empinarse para alcanzarse las orejas.

Su madre decía:

—¡Ay, Dios mío! ¿Qué le daré yo a este niño, que abulta menos que una canica?

Y le daba espinacas y queso, porque ya sabéis que las madres lo quieren arreglar todo con la comida. Y el niño cogió rabia a las espinacas y al queso.

Pesaba tan poco que tenía que meterse piedras en los bolsillos para que no se lo llevara el viento. Y nadie le hacía caso. Si la tía Petra repartía caramelos, siempre se olvidaba de él.

—Éste para ti, y éste para ti, y éste para ti —decía—. ¡Hala!, ya estáis todos. ¿Falta alguno?

Y todos contestaban:

—Ninguno.

El niño decía, muy bajito:

—Falto yo.

Si hacía una carrera con sus amigos, él siempre llegaba el último. Moncho preguntaba:

—¿Quién ha llegado el último?

—Yo no —contestaba Tino.

—Yo tampoco —decía Tina.

—Entonces, ninguno ha llegado el último —rezongaba Moncho—. Ya estáis haciendo trampas.

Y el niño decía, muy bajito:

—He sido yo.

EL DÍA EN QUE EMPEZARON, él y sus amigos, cuarto de básica, se dirigieron a la clase con un montón de libros nuevos. Al niño apenas se le veía, y parecía que la cartera

9

se paseaba sola por el pasillo, y ella sola se colocaba en la mesa de atrás.

Al menos, eso fue lo que pensó el profesor, que se llamaba don Ataúlfo. Don Ataúlfo les saludó con voz grave, se ajustó meticulosamente las gafas y examinó las caras de sus alumnos. Creyó advertir que en la mesa que estaba junto a la ventana había demasiados niños. Era verdad, porque Tino y Tina se habían sentado en la misma silla; así que don Ataúlfo dijo:

—No os pongáis todos junto a la ventana. Que se levante uno de vosotros y se vaya a la última mesa, que está libre.

En la última mesa estaba *Ninguno*, estirando mucho el cuello, y tratando de asomarse por encima de los libros para que don Ataúlfo le viera. Dijo tímidamente:

—Esta mesa ya está ocupada, señor profesor.

El profesor estaba muy extrañado porque oía una voz y no sabía de dónde salía; volvió a mirar más atentamente, por si se hubiera equivocado, pero no vio a ningún niño sentado en aquel sitio.

—Por lo que yo veo, ninguno la está ocupando.

—¡Yo la estoy ocupando! —voceó el niño, con tanta fuerza que don Ataúlfo se sobresaltó.

—¿Quién ha gritado? —preguntó.

Sus alumnos se miraban unos a otros y se encogían de hombros.

—Ninguno —decían.

Entonces el niño se subió encima de la silla, para que todos le vieran bien, y dijo:

—¡*Ninguno* soy yo!

Ese mismo día, en el recreo, se decidió que *Ninguno* iba a llamarse así definitivamente.

LA CLASE ESTABA PREPARANDO su equipo para jugar al fútbol contra los de quinto. Moncho era el capitán; iba diciendo a sus amigos:

—Tú, Tino, de delantero centro. Tú, Tina, de extremo izquierda. Tú, María, de defensa.

—¿Y yo? preguntaba *Ninguno*.

Pero Moncho no reparaba en él. Trataba de poner orden entre sus compañeros, que alborotaban y brincaban, ansiosos por comenzar el partido.

—Bueno, venga, ya estamos todos. ¿Falta alguien?

Y todos vocearon:

—¡Ninguno!

Y el niño se subió encima de un banco, y dijo:

—Si ninguno falta, será que yo soy *Ninguno*; porque yo soy el que falta.

Le pusieron de portero y le metieron todos los goles. Ocho-cero. Moncho se enfadó.

—No hace nada. Cuando él está de portero, es como si ninguno estuviera.

Y por estas y otras cosas que ya os contaré, se quedó para siempre con el nombre de *Ninguno*.

Ninguno estaba un poco triste, ésa era la verdad. No le gustaba que le metieran todos los goles, ni que la tía Petra se olvidara de él cuando repartía chicles, ni que cada vez que él abría la puerta para entrar en clase, don Ataúlfo pensara que la había abierto una corriente de aire; pero no creáis que se desanimaba fácilmente o se enfadaba por esas tonterías. ¡Qué va!

Y eso que él no sabía las cosas maravillosas que le iban a suceder. Ni se las podía imaginar.

2 *Camila y el rey de los saltamontes*

Los días de sol, don Ataúlfo les dejaba salir al monte, porque el patio del colegio era demasiado pequeño y no se podía jugar bien al fútbol. Allí cerca había un prado, hermoso y llano, que servía perfectamente de campo de deportes. Durante la lección de lenguaje, los niños oteaban el cielo por la ventana; y si estaba despejado, decían:

—Hoy está la hierba seca. Podemos jugar al fútbol.

Era como si el campo les perteneciera, y disponían de él a su antojo. Nadie se lo disputaba; pero un día, al llegar, se encontraron con una niña que estaba sentada en el suelo, cortando unas ramitas de fresno.

—He cazado al rey de los saltamontes

—les dijo—. Lo malo es que se me ha escapado porque no he sabido pintar una jaula.

—¿Y cómo sabes que era el rey de los saltamontes? —preguntaron los niños.

—Porque tiene las alas verdes y azules.

—¡Vaya cosa! El monte está lleno de saltamontes verdes y azules.

—Todos son reyes —afirmó la niña con autoridad.

Estaba descalza y sucia. Y tenía el pelo del color de la hierba. Los niños la contemplaban asombrados.

Ninguno quiso preguntarle su nombre, pero no se atrevió porque era un poco vergonzoso. La niña lo miró y se sonrió.

—Me llamo Camila —dijo.

—¿Por qué vas descalza? —le preguntó Tino.

—Se me han perdido las zapatillas.

—¿Y por qué no te has lavado la cara? —preguntó Tina.

—No me he dado cuenta de que la tenía sucia.

Ésa no era una razón. Nadie se da cuenta

de si lleva o no la cara sucia. Uno no se va viendo la cara por el mundo. Se la ven los demás, los padres, los tíos, y te dicen:

—¡Ve a lavarte la cara!

Era una niña rara aquélla, que trabajaba afanosamente cortando ramitas de fresno.

—Tengo que cazar al rey de los saltamontes. Y es preciso que haga una jaula, para que no se me vuelva a escapar.

—No me gusta ir por ahí metiendo a la gente en jaulas —rezongó Moncho—. A ti tampoco te haría gracia que te metieran en una jaula.

Y Camila se mostró de acuerdo con esa opinión.

—Ya sé —asintió pacientemente—. A ninguno le gusta.

—¿A mí? —protestó *Ninguno*. ¡A mí tampoco me gusta que me metan en una jaula!

Pero Camila no le hizo caso y siguió explicando:

—Se lo voy a regalar a un amigo que hace colección de insectos. No se puede hacer colección de insectos si no se los atrapa primero.

—Sí se puede —rebatió Moncho—. Yo tengo una buena colección. Tengo escarabajos, y mariposas, y libélulas, y saltamontes reyes. Habrá, por lo menos, más de mil saltamontes reyes.

Camila se admiró.

—¿Dónde los guardas?

—No los guardo, no hace falta. Los tengo por ahí sueltos, en los árboles y esos sitios; pero es mi colección, y puedo mirarla cuando se me antoje.

Aunque era una reflexión muy razonable, Camila no se dejó convencer.

—A mi amigo le gustan más todos juntos. ¿Queréis ayudarme a construir una jaula?

—Yo no —dijo Moncho—. Tenemos que jugar un partido.

—Nosotros tampoco —dijeron Tino y Tina. Ahora nos vamos a entrenar.

Camila bajó la cabeza con desaliento.

—¿Ninguno va a ayudarme?

—¿Y por qué he de ser yo? —protestó *Ninguno*—. Yo no sé hacer una jaula. Nunca, en mi vida, he hecho una jaula.

No sé cómo hay que colocar todos esos palitos.

—No es difícil, yo te enseñaré —dijo Camila con suavidad. Después, amontonó las varitas sobre la hierba y añadió—: Al que me ayude le voy a hacer un regalo.

Entonces todos la rodearon, preguntando muchas veces:

—¿Qué es?

—¿Qué es?

—¿Qué es?

Camila se metió la mano en el bolsillo de su falda y sacó una caja de pinturas, una pequeña caja de cartón, descolorida; dentro había seis lápices chatos y gastados.

Lo niños se decepcionaron.

—¡Vaya cosa! —exclamó Moncho con un gestecillo despectivo—. Yo tengo una caja fenómena de rotuladores. Yo no las quiero.

—Yo tampoco —dijo Tino—. A mí me han regalado una caja de acuarelas. ¿Para qué quiero esa birria de pinturas?

—Yo prefiero las de cera —dijo Tina—. Éstas son muy duras y casi no tienen punta.

Camila se quedó parada un momento, con su cajita en la mano. Dijo:

—¡Ninguno las quiere!

Y *Ninguno* protestó:

—¿Y por qué yo? ¡Siempre tengo que ser yo! Siempre soy yo quien sale perdiendo. Tengo que hacer una jaula para un saltamontes, y me quedaré sin jugar. Y todo por esa birria de lapiceros roídos por los ratones.

—No son tan malos como parecen —aseguró Camila.

Y se sonrió. A *Ninguno* le pareció que se estaba burlando de él.

—Si son tan buenos, quédate tú con ellos.

—A mí no me sirven para nada —dijo Camila—. Yo no sé pintar.

Todos la miraron con pena. Mira que no saber pintar una casa, ni un soldado, ni siquiera una flor... ¡Pobre Camila!

Ella se disculpó:

—Sé hacer otras cosas.

Pero ya los niños corrían hacia la parte llana del prado, y tiraban al suelo sus jer-

séis para marcar las porterías. *Ninguno* los vio marchar con envidia, y se puso a buscar ramas, un poco enfurruñado.

«¡Mira qué gracia!», pensaba. «Siempre me toca a mí pagar el pato».

Estuvieron tan ocupados ensartando palitos que, cuando el niño quiso darse cuenta, ya hacía largo rato que sus compañeros había entrado en clase.

—¡Ahí va! —exclamó, apurado—. Ahora me la voy a cargar.

Y salió corriendo hacia el colegio.

—¡Espera! ¡Espera! —le avisó Camila. Te olvidas tu caja de pinturas... ¡Espera!

—No las necesito —decía el niño, sin detenerse.

Pero Camila corría tras él. Lo alcanzó cuando ya estaba junto a la puerta de la entrada, y se las puso en la mano.

—Te las has ganado y son tuyas. Ten cuidado de no perderlas, ¿me oyes? ¡Que no se te pierdan!

El niño se las guardó, con la atención puesta en la puerta del colegio. Tenía suerte. En ese momento llegaban tres guardias urbanos que venían de visita, y se coló entre ellos sin que nadie lo viera.

Lo peor iba a ser entrar en clase. Don Ataúlfo se enfadaría por su retraso. Le castigaría a escribir cien veces: «No llegaré tarde a clase». O quinientas veces. O mil. O un millón. Iba a pasarse toda la vida escribiendo: «No llegaré tarde a clase».

3 *Las pinturas mágicas*

Abrió la puerta con mucho sigilo y se deslizó dentro, encogiéndose como una oruga.

Don Ataúlfo se ajustó las gafas y preguntó:

—¿Quién ha abierto la puerta?

Y ese acusica que hay, algunas veces, en las clases dijo con voz de pito:

—¡*Ninguno*!

El niño ya estaba sentado en su puesto, y todos los demás se callaban para no delatarlo. Don Ataúlfo se sorprendió.

—¿Cómo? ¿Nadie ha abierto la puerta?

Y el acusica repitió:

Sí señor, ha sido *Ninguno*. *Ninguno* acaba de entrar.

—Bueno —dijo el profesor—. Si no ha

entrado nadie, será que la ha abierto una corriente de aire.

—Mira qué gracia —pensaba *Ninguno*—. Y ahora, encima, no me voy a saber la lección.

Y se quedó espantado cuando oyó decir a don Ataúlfo:

—Preparad el cuaderno y el bolígrafo, y escribid don detalle lo que acabo de explicar.

El pobre *Ninguno* lo miró con cara de sordo; luego, abrió el cuaderno y preguntó a sus compañeros:

—¿De qué os ha hablado el profesor?

—Ha hablado del descubrimiento de América —dijo Tino.

—No —dijo Tina—. Nos ha contado la historia de Moisés.

—¡Qué va! —dijo Moncho—. Nos ha descrito las pirámides de Egipto.

—¡Silencio! —ordenó don Ataúlfo.

Y cada uno se puso a redactar un tema distinto.

El niño no sabía qué hacer. Sea lo que fuere lo que el profesor hubiera explicado en clase, él no había estado allí y, por tanto, no le había escuchado. No tenía nada de lo que escribir.

Miró de reojo lo que escribía el acusica, y el acusica torció el papel para que no pudiera copiarle.

Miró un raspón que había en la mesa y que parecía el dibujo de un marciano.

Miró el cartel de la catedral de Burgos.

Miró la librería, y el bote lleno de renacuajos que había sobre un estante. Se habían llevado los renacuajos.

Miró a don Ataúlfo, que estaba quitando las hojas secas de las macetas. Y volvió a mirar su página en blanco.

Y pensó que le iba a poner un cero.

Entonces cayó en la cuenta de que tenía en la mano la cajita de pinturas, y con el lapicero verde, que era el de punta más afilada, dibujó un cero en medio de la hoja; luego le pintó patas, tres a cada lado, y le puso dos alitas transparentes; enseguida añadió unos ojos saltones y unas minúsculas antenas.

Y resultó una mosca muy graciosa.

El niño probó con la pintura azul; y cuando estaba empezando a dibujar una mariposa, recibió la sorpresa más grande de su vida:

¡La mosquita se estaba moviendo! Sacudía las alas sobre el papel y se rascaba las patas, pensativa. De pronto, comenzó a zumbar y salió volando, verde como una brizna de hierba.

—¡Ahí va! —dijo *Ninguno*.

En la página quedaba solamente el hueco que había dejado la mosca.

Y aún había más: ¡la mariposa, a medio dibujar, alargaba sus antenas sobre las líneas del cuaderno!

Maravillado, el niño se apresuró a pintarle las alas, azul marino con lunares verdes. No había terminado de pintar todos los lunares del ala derecha, y ya la mariposa las estaba batiendo y se le posaba en la manga de la camisa.

En el papel quedaba sólo la silueta de sus alas y una pizca de polvillo azul.

Entonces el niño dibujó una cigarra roja y verde. Y antes de que pudiera pasar la página, la cigarra estaba trepando por el lapicero.

Enseguida pintó una mariquita de Dios, un ciempiés y una abeja reina. Y les puso encima la caja de cartón para que no se escaparan.

Empezó otra página y dibujó una rana. A la pintura verde se le rompió la punta, así que coloreó la rana en naranja y morado; y con los mismos colores adornó un pájaro menudo que se llama colibrí. La rana le salió un poco torcida, pero a ella no le importó. Tomó impulso con sus patas traseras y brincó hasta la mesa de Tina. Tina dejó de escribir y contempló, estupefacta, aquella rana naranja posada sobre su hoja.

—¡Hay una rana de color naranja en mi cuaderno, señor profesor!

Don Ataúlfo estaba muy ocupado regando las plantas, y no la oyó.

Para entonces, *Ninguno* ya había dibujado cuatro pájaros más, dos morados y dos rojos. La abeja zumbaba bajo la caja de cartón, y el niño la levantó para que pudiera salir.

Pintó cinco tortugas azules y amarillas,

que se marcharon en fila por el centro de la clase. Y Tino dijo:

—¡Hay cinco tortugas enanas, señor profesor!

Pero don Ataúlfo continuaba, absorto, regando las plantas, y no le oyó.

El niño agotaba todas las páginas de su cuaderno pintando cigarras locas con viseras de ciclista, ciempiés con botas de fútbol, mariposas impacientes que no se dejaban terminar las alas y salían batiendo el aire, lagartijas aturdidas que tropezaban con las patas de las sillas, y diminutos elefantes de enroscadas trompas.

Y Moncho decía:

—¡Se le ha posado en la cabeza un pájaro rojo, señor profesor!

—¡Y un elefantito le está enredando los cordones de los zapatos! —añadía Tina.

Entonces don Ataúlfo se dio la vuelta y miró a los niños; pero no vio niños, sino un enjambre de bichos disparatados, con todos los colores del arco iris.

Bandadas de pájaros y mariposas se precipitaban sobre sus plantas, orugas con camisetas de cuadros recorrían las mesas, caracoles de cuernecitos azules trepaban por las paredes, y elefantes del tamaño de una hucha se disputaban los cordones de sus zapatos...

Don Ataúlfo fue y se limpió las gafas.

Todos los pájaros revoloteaban, trinando, buscando la salida.

Todas las ranas croaban, saltando de mesa en mesa.

Todas las cigarras chirriaban, agitándose de acá para allá.

Y moscas de todos los colores iban y venían, zumbaban, giraban como las luces de un tiovivo.

Y todos, todos los niños gritaban, se empujaban, cazaban lagartijas y se reían como nunca en su vida.

Y ninguno, fijaos bien, ninguno supo de dónde habían salido aquellos animalitos tan divertidos.

Ninguno lo supo.

Y ninguno, fijaos bien, ninguno hizo aquel día el ejercicio de redacción.

Ninguno, tampoco.

4 *Un perro con las orejas azules*

AL salir del colegio, el niño buscó a Camila en el prado; pero Camila no estaba. Se había ido con su jaula de varitas de fresno y su saltamontes rey.

Lo niños iban diciendo a sus padres:

—Hoy he cazado en clase cuatro ranas de color naranja.

—Y yo, dos lagartijas moradas y una tortuga de cuadros amarillos.

—Y yo, un ciempiés con botas de futbolista.

—Y yo, un elefante.

Sus padres les decían que bueno, para no llevarles la contraria. Sin embargo, se notaba que no se lo creían.

Y *Ninguno* apretaba en la mano su caja

de pinturas, no se le fuera a escapar. Se acordó de que Camila le había advertido que tuviera cuidado de no perderlas. Entonces se dio cuenta, sobresaltado, de que el bolsillo de su pantalón tenía un agujero. ¡Se le caerían por allí a poco que se descuidara...!

— Tengo un roto en el bolsillo —le dijo a su madre—. Me lo tienes que coser.

—Y a mí un monopatín —dijo su hermano pequeño—. Yo quiero un monopatín.

Ninguno se enfadó.

—Son cosas distintas —puntualizó—. ¿Qué tiene que ver un monopatín con un roto? Ahora estamos hablando de rotos.

—Pero yo lo que quiero es un monopatín —insistió su hermano pequeño.

Y su madre dijo:

—Y yo lo que quiero es que andéis un poco más de prisa.

Que tampoco tenía nada que ver.

Cuando llegaron a casa, le preguntó:

—¿Qué os preparo de merienda?

—A mí, pan y chocolate —dijo *Ninguno*.

—A mí, un monopatín —dijo el hermano pequeño.

Y su madre rezongó:

—No sé de dónde voy a sacar ahora un monopatín. Como no lo pinte...

Al oírla, *Ninguno* tuvo una idea.

—¡Claro! ¡Qué tonto soy! No se me había ocurrido. Voy a pintar un monopatín.

Se encerró en su cuarto, con su pan y su chocolate y su caja de pinturas.

Fue necesario juntar cuatro hojas del cuaderno. Las extendió sobre el suelo y las pegó cuidadosamente con celo. Luego sacó punta a las pinturas. Se comió el chocolate y se puso a trabajar. Se le olvidó comer el pan.

Trazó un monopatín duro y resistente, le pintó rayas de colores y lo adornó con pegatinas. En cuanto estuvo acabada la última rueda, el monopatín se salió de las hojas y se deslizó por el suelo.

Sólo quedaron unos recortes de papel como cortezas de queso.

Era precioso. Apenas se notaban unas líneas muy finas en los sitios donde había unido las cuartillas.

Ninguno pensaba:

«¡Qué contento se va a poner mi hermano!»

Le llamó y se lo enseñó.

Su hermano lo cogió y dijo:

—¿Y el casco?

¡Eso ya era demasiado! Los hermanos pequeños no se cansan de pedir y pedir. Nunca tienen suficiente. *Ninguno* le dijo que se fuera y cerró la puerta. Todavía le oyó lloriquear por el pasillo:

—¡Mamá! ¡Yo quiero un casco!

NINGUNO SE SENTÓ en su mesa de trabajo. Y aunque los pies no le llegaban al suelo, se consideraba el niño más afortunado del mundo.

Con sólo pintarlo podía conseguir cuanto quisiera, lo que más hubiera deseado, cualquier cosa que le gustara.

Ninguno preparó las cuartillas. Iba a dibujar lo que más había deseado en su vida.

—Un barco —decidió—. Lo que más me gustaría tener es un barco.

Y casi en el mismo instante, cambió de opinión.

—No. Es mejor el cofre del tesoro; así puedo descubrirlo cuando quiera.

Y enseguida se corrigió.

—Prefiero una caña de pescar.

No había tenido tiempo de representarse todo el largo de la caña, y ya estaba diciéndose:

—Es mucho mejor una bicicleta.

Se la estaba imaginando, ligera y reluciente, cuando, de improviso, saltó de la silla y cayó en el suelo, sentado.

—¡Ya sé lo que quiero!

Acababa de acordarse de lo que más había añorado durante toda su vida. Un perro.

Y he aquí que ahora tenía la oportunidad de elegirlo a su gusto.

—Lo pintaré bonito. Pintaré el perro más bonito y más listo que exista.

Fue una tarea muy emocionante escoger los colores, trazar aplicadamente el largo de las orejas, retocar con mimo la gracia del morro y la impertinencia de la cola, la suavidad del pelo. Nunca hizo el niño un dibujo con más amor, con más paciencia, con más esmero; tan sólo cuando lo hubo acabado, observó que tenía una pata un poquito más corta que las otras, pero es que, al final, el cachorro no se quedaba quieto, y era imposible retocarla. Por fortuna, no se le notaba mucho. Y era tan alegre, tan gracioso, le dio tantos lametones, le mordió tanto las zapatillas, se comió tanta alfombra, que el niño estaba trastornado por la alegría.

¿Cómo era posible que tuviera aquel pelo tan cálido, aquel rabito tan bailarín, aquellos ojos tan inteligentes?

Y en medio de tanta felicidad, he aquí que de repente se abrió la puerta, y el niño apenas tuvo tiempo de cubrir su tesoro con el resto de la alfombra.

—¡Qué raro! —comentó su padre—. Me había parecido oír ladrar a un perro.

Y se oyó, detrás, la voz de la madre que decía:

—Ya sabes que no les dejo traer animales a casa. Lo ensucian todo y destrozan los libros.

Su padre le dio un beso y le dijo:

—Cuando acabes de hacer los deberes, te juego una partida de ajedrez.

El niño, sin embargo, no hizo los deberes ni jugó al ajedrez. Jugó con su perro, lo acarició, le pintó un hueso. Y pensaba:

«¿Que nombre le pondré?»

Mientras buscaba un nombre, le pintó un collar y una correa. La correa la dibujó enrollada, para que cupiera en el papel, y cuando estuvo fuera, la desenrolló.

El perro le mordía los pantalones y se le subía a las piernas.

—¿Dónde lo esconderé?

Y le pedía que no alborotara, que estuviera quieto y calladito; pero era un cachorro irresponsable, que no se hacía cargo de la situación. Se aferraba a los pantalones con sus dientes, y no los quería soltar. Le desafiaba con sus ladridos, secos y escandalosos. El niño ya sabía lo que iba a suceder. Sabía que, de un momento a otro, su madre iba a abrir la puerta. Iba a preguntar:

—¿Pero qué pasa aquí?

No sólo vino su madre; también vinieron su padre y su hermano pequeño. Preguntaron exactamente:

—¿Pero qué pasa aquí?

El niño empujaba al cachorro con los pies, para que se metiera debajo de la cama.

—Estoy seguro de que aquí hay un perro —dijo el padre.

—Verdaderamente, me ha parecido escuchar el ladrido de un perro —corroboró la madre.

—¡Yo quiero un casco! —dijo el hermano pequeño.

Y los tres vieron boquiabiertos, asomando el morro por debajo de la cama, un perrillo de piel canela, con manchas de color naranja y las orejas azules.

Y se quedaron un ratito inmóviles, como si les estuvieran haciendo una fotografía.

Por fin dijeron:

—Pero... ¿qué es esto?

Al niño, justo en ese momento, se le ocurrió un nombre:

—Es *Amigo*.

Pero sus padres no se dieron cuenta de que era un nombre precioso. Ni siquiera reparaban en que *Amigo* se había comido la alfombra, ni en lo bien dibujado que estaba. No se daban cuenta de nada. Lo contemplaban llenos de asombro y preguntaban:

—¿De dónde ha salido esto?

El niño se lo explicó sencillamente:

—De mi cuaderno.

Y añadió bajito, con orgullo:

—Lo he pintado yo solo.

Pero ellos, naturalmente, no lo entendieron.

5 *El rocafú*

DESDE la ventana de la clase, el niño veía a Camila, que iba de un lado a otro por el prado buscando afanosamente quién sabe qué. El cielo estaba cubierto de nubes y soplaba el viento.

—Va a llover —comentó Moncho—. Hoy no nos dejarán salir al campo.

A la hora del recreo, el niño guardó las pinturas en el cajón de la mesa, porque su madre había olvidado coser el roto del bolsillo, y él no quería que se le extraviaran; luego fue en busca de Camila.

—Tengo un perro —le contó—. Lo he hecho con tus pinturas.

—Ya sé —contestó Camila—. Siempre se dibuja un perro el primer día.

El niño permaneció unos momentos pensativo.

—Mi madre no me deja tenerlo en casa.

Camila no dio muestra de ninguna inquietud.

—Ya sé —repitió tranquilamente—. Siempre dicen que no el primer día.

—Quieren que lo devuelva. Pero ¿cómo voy a devolverlo? Ya no se puede borrar.

—Los mayores no saben lo que quieren —suspiró Camila. Unas veces dicen que no, y otras dicen que sí.

—¿Y cuándo dicen que sí?

—Mañana —afirmó la niña muy convencida—. Al segundo día siempre dicen que sí.

Y se puso a mirar por el suelo atentamente, como si hubiera perdido algo. Su pelo tenía el color de la nubes.

El niño la contempló con admiración. Camila parecía saberlo todo.

—¿Has perdido otra vez las zapatillas? —le preguntó.

Ella respondió que no, que no era eso lo que buscaba.

—Hoy tengo que encontrar un rocafú. Llevo tres días buscándolo sin parar, y no consigo encontrarlo.

—¿Qué es un rocafú?

—No lo sé —contestó Camila—. Nunca lo he visto.

—¿No sabes lo que es? —se sorprendió *Ninguno*—. ¿Quieres decir que estás buscando un rocafú y no sabes lo que es?

Camila replicó, con mucho fundamento:

—No, no lo sé; por eso es tan difícil dar con uno. Si supiera lo que estoy buscado, ya lo hubiera encontrado.

El niño lo consideró un razonamiento muy acertado.

—Claro que debe de ser difícil —asintió—. Tiene que ser muy difícil buscar una cosa que no se sabe lo que es.

Camila estaba cansada. Se sentó un momentito al pie del castaño.

—¿No habrás visto alguno en tu colegio?

El niño no recordaba haber visto nada con ese nombre.

—Preguntaré a mis amigos. A lo mejor ellos saben lo que es un rocafú.

DEBE DE SER un mineral —dijo Moncho.

Y don Ataúlfo dijo que no, que no era un mineral.

—Será un insecto —apuntó Tina.

Y don Ataúlfo dijo que tampoco, que rocafú no era un insecto.

—A lo mejor es un futbolista —sugirió Tino sin convicción, más que nada por decir algo; y nadie le hizo caso. Porque ya se veía claramente que rocafú no era un futbolista, ni un cantante de rock, ni un ovni, ni una marca de playeras, ni un nuevo juego. Verdaderamente iba a ser laborioso conseguir un rocafú...

Sin embargo, Camila no se desalentaba y seguía buscándolo minuciosamente por todos los rincones.

—Es preciso que encuentre uno enseguida. Mi amiga estará muy triste si no logro llevárselo.

Camila tenía amigos muy raros, que le hacían encargos imposibles. Los niños se cansaron de explorar inútilmente y regresaron al patio del colegio.

Ninguno permaneció un rato más junto a

ella y la ayudó en su tarea con mucha paciencia, levantando las piedras para ver si debajo se había quedado dormido algún rocafú, y escudriñando entre las matas de los helechos, y asomándose a los nidos de los gorriones.

¡No había ni rastro de rocafú!

Entonces divisaron una cosa negra y menuda que avanzaba por el camino, a su encuentro. Los niños se miraron esperanzados.

—¿Sería un rocafú?

Echaron a correr para alcanzarlo, hasta que los detuvo la voz de una mujer que llamaba:

—¡Minino! ¡Ven aquí, minino!

No era un rocafú. Era un gato...

Regresaron al prado y se sentaron sobre la hierba.

Ninguno estaba defraudado.

—No lo encontraremos nunca. Antes tendríamos que saber lo que es.

—Camila no se daba por vencida.

—Es preciso que lo encuentre —decía tercamente—. Mi amiga necesita un rocafú. Se pasa el día asomada al tejado, esperándolo.

Si supiera cómo es, te pintaría uno; pero no se puede pintar una cosa que no se sabe lo que es.

Camila se puso de pie, animada por una idea.

— Tiene que haber miles de rocafús por las calles. Ya sé lo que voy a hacer. Voy a recorrerlas todas, sin dejar ni una. Las calles deben de estar llenas de ellos. Cogeré cuantos quiera. Elegiré los más bonitos y los más gordos.

—Me gustaría acompañarte —dijo el niño—, pero todavía no he estudiado la lección de geografía.

—No importa. Puedes buscar en tu clase, mientras tanto. A lo mejor hay alguno debajo del mapa.

Camila se marchó apresuradamente, porque ella siempre hacía las cosas que tenía que hacer. Se estaba levantando otra vez el viento y su falda se movía por el camino como si estuviera bailando.

El niño echaba a andar hacia el colegio,

a la pata coja, cuando oyó un chasquido a su espalda, un ruido blando y corto como el de una pisada. Se emocionó. ¿Mira que si fuera un rocafú? ¡Qué alegría le daría a Camila!

Volvió la cabeza con precaución, para no espantarlo; pero no vio a ningún rocafú. Era, sólo, una castaña loca que acababa de desprenderse del árbol. El viento se había puesto a sacudir las ramas, que rezongaban protestando, y empujaba a *Ninguno*, sin dejarle avanzar.

«No voy a poder llegar al colegio» pensaba el niño. «Tengo que coger piedras grandes, para que hagan peso y no me arrastre el aire».

Encontró algunos guijarros y se los fue metiendo en los bolsillos, sin acordarse de que éstos estaban rotos; y, según los iba guardando, se iban colando por el agujero, en tanto que el viento arreciaba y se poblaba de hojas secas, rojas, marrones, amarillas; y el pobre *Ninguno*, zarandeado como si fuera un papel, intentaba agarrarse al árbol más viejo y más fuerte.

50

Estaba a punto de conseguirlo, cuando una ráfaga violenta lo levantó en volandas, y allá se fue, cruzando el aire entre pájaros asustados, periódicos que batían sus alas de abecedario y cajas de cartón boquiabiertas.

—¡Ay de mí! —gemía el niño—. ¿Dónde iré a parar?

6 *Piloto del viento*

VOLABA por encima de los árboles, sobre el tejado del colegio y los campanarios de las iglesias. Pasó rozando las agujas de la catedral y estuvo a punto de chocar contra la torre más alta del castillo.

—¡Deberías tener más cuidado! —interpeló al viento, enfadado—. No sé a qué vienen tantas prisas.

Y el viento, como si le hubiera escuchado, atemperó su marcha. El niño consiguió agarrarse a una antena de televisión y apoyar los pies sobre una cubierta de tejas azules; pero tenía miedo de resbalar y no se atrevía a soltarse.

En el tejado se abría la ventana de una

buhardilla, y una viejecita acababa de asomarse.

—¡Socorro! —voceó *Ninguno*.

La anciana no le oyó. Estaba llorando, y se limpiaba las lágrimas con el dorso de la mano.

—¡Ay, Dios mío! —se lamentaba—. ¿Dónde estará rocafú?

El niño pensó, sorprendido:

«Todo el mundo está hoy buscando un rocafú.»

En ese momento, una potente sacudida arrancó la antena de televisión, y allá salieron despedidos el niño y la antena, entre macetas y calcetines, libros de cuentos y cromos de colores. De un balcón salió disparada una radio, que se alejó velozmente sin parar de hablar:

Informe meteorológico: cielos despejados y vientos en calma. Temperaturas agradables. Pronóstico para mañana...

—¡Eh! —gritó el niño—. ¿Le parece a usted que hace buen tiempo? A ver si se fija en lo que dice.

La radio ya estaba lejos y no le contestó.

—Debe de ser un aparato muy antiguo. Estará dando noticias atrasadas.

Cuatro calles más arriba, el viento abrió las puertas y las ventanas de un almacén de juguetes. El cielo se llenó de aviones de cuerda y de barcos que desplegaron sus velas como palomas buchonas.

«¡Ay! ¡Ay!», pensaba *Ninguno*. «Me voy a dar un coscorrón. Ojalá lograra pilotar uno de esos aviones».

Un DC-10 plateado y brillante, con una cinta azul sobre las alas, planeaba bajo sus pies, pidiendo paso con las luces. Con un ágil movimiento, *Ninguno* se dejó caer en la cabina y trató de controlar los mandos.

Le costó un poco al principio, y tuvo que seguir, a la fuerza, la ruta que le imponía el viento; pero no se puso nervioso y, paso a paso, fue haciéndose con la dirección, sorteando gafas y bolígrafos, relojes y chimeneas, campanas locas que se reían solas y calendarios que despilfarraban el tiempo.

Conducía con tanta atención que no se

dio cuenta de que un loro se había sentado al lado.

—Haga el favor de parar en Avenida quince —dijo el loro.

—Esto no es un taxi ni un autobús —replicó *Ninguno*, haciendo un quiebro para esquivar una maleta que venía de frente—. No se puede ir aterrizando por ahí, donde a la gente se le antoje.

—Esto no es un taxi ni un autobús —repitió el loro en tono de burla—. Yo tampoco soy gente. Me llamo Jeremías. ¿Cuál es su nombre?

—*Ninguno*.

—¿Ninguno? —repitió el loro, disgustado—. No es usted muy amable que digamos. No me gusta la gente que no quiere decir cómo se llama. No me gusta viajar con esa clase de personas. Haga usted el favor de apearse.

Ninguno se indignó.

—¡Estamos en mi avión! ¡Yo lo he cogido primero!

Era evidente que la razón estaba de su parte, de modo que el loro Jeremías guardó un prudente silencio.

El avión ganó altura para evitar una azotea, y el niño se acordó, de pronto, de la viejecita que estaba llorando en su buhardilla.

—¿Sabe usted lo que es un rocafú? —le preguntó al loro.

Éste adoptó un gestecillo de suficiencia.

—Naturalmente que sí. Todos los días me como dos o tres en el desayuno, y los domingos, hasta media docena.

Ninguno puso carita de tonto. Le solía pasar cuando algo le desconcertaba; pero se le pasó enseguida. Inmediatamente sospechó que el loro no decía la verdad. Hablaba por hablar. ¿Cómo iba a comerse tantos rocafús?

—No sabía que fueran comestibles —dijo, para ver por dónde salía el loro—. Y creo, más bien, que el rocafú no se come.

Jeremías se puso colorado.

—Bueno, eso... según —balbucía—. Eso depende de los gustos de cada uno... Los grandes están demasiado duros, pero los pequeños resultan deliciosos.

«Éste no ha visto un rocafú en toda su

vida», pensaba el niño, mientras regateaba a un fantasma que corría afanosamente intentando alcanzar su sábana. «Es un loro mentiroso».

Un reloj de cuco pasó cantando las cinco. El loro dio un respingo y todas las plumas se le pusieron de punta.

—¡Caramba! — exclamó—. ¡No es posible que estén dando las cinco! ¿Esto es un desastre! ¡Un verdadero desastre! Se me ha hecho tardísimo. Tengo que estar en la Avenida a las cinco en punto. Es absolutamente necesario.

Se rebullía, muy alterado, en su asiento, mordiéndose las uñas.

—Vamos a paso de tortuga —gemía—. No llegaremos nunca. ¿Es que no hay forma de que este cacharro avance más de prisa?

—Tenemos el viento en contra —se disculpó el niño—. El motor hace lo que puede.

—Entonces, diríjalo usted a favor del viento y llegaremos antes.

—Era una verdad tan grande, que el niño se admiró de no haber caído antes en la cuenta. Hizo girar el avión y lo enfiló en la misma dirección que el viento. Ahora sí que volaban con rapidez. Los pantalones vacíos se apartaban a todo correr para que no los pillara, y las camisas huecas agitaban las mangas protestando.

—¡Hurra! ¡Hurra! —voceaba el loro Jeremías con entusiasmo—. Si mantenemos esta velocidad, llegaremos a tiempo.

El niño, en cambio, se había quedado pensativo. Decía:

—Da igual que lleguemos pronto. No sabemos adónde vamos.

—Tengo que estar en Avenida quince a las cinco en punto —repitió el loro.

—Eso es imposible. Ya hace rato que dieron las cinco...

—Pues yo he de estar allí a las cinco en punto —insistió el loro—. Acelere cuanto pueda. Tenemos que adelantarlas.

Ninguno estaba atento a los mandos. Y le pareció que no había entendido bien.

—¿A quién debemos alcanzar?

—A las cinco —dijo el loro—. No se quede ahí mirándome como un tonto, y acelere.

El avión atravesó, como una chispa, media ciudad. El aparato de radio apenas si tuvo tiempo de hacerse a un lado para que no le arrancara el enchufe, y se fue quedando atrás, atrás, mientras continuaba, imperturbable, recomendado prudencia a los conductores:

Circulen con precaución, amigos radioyentes, moderen la velocidad y repeten las señales de tráfico...

Pero ellos no podían escucharla, porque ya estaban acercándose al río. Cuando sobrevolaban el puente nuevo, adelantaron al reloj de cuco que iba dando las cinco. El loro Jeremías batió las alas de contento.

—¡Hurra! ¡Hurra! ¡Lo hemos conseguido! ¡Las alcanzamos! ¡Llegaremos antes de las cinco!

Y felicitó a *Ninguno* por su destreza.

—Es usted un piloto extraordinario. Ha conseguido adelantar a las cinco, y eso no lo hace cualquiera.

—¡Bah! No tiene mucho mérito —dijo el

niño—, porque el viento nos ha venido empujando. Lo difícil será regresar.

Aterrizó en el tejado de la Avenida quince, y el loro Jeremías se apresuró a descender del avión, alisándose las plumas y dando grandes muestras de gratitud.

—Es la hora de mi chocolate —explicó—. Lo tomo siempre a las cinco en punto, ni un minuto antes ni un minuto después. ¿Quiere usted hacerme el honor de ser mi invitado?

El niño le dio las gracias, pero no aceptó. Despegó nuevamente, tomando la dirección de su casa. Observó que el aire estaba en calma y había menos tránsito. Las camisas descansaban sobre los cables de la luz, y las maletas buscaban el camino de las estaciones.

El viento dormía la siesta sobre los campanarios.

El viento perdía velocidad, y el niño percibió un ruido desacostumbrado: el motor estaba fallando. Hizo *pof, pof, pof...* y planeó suavemente junto a la orilla del río.

Se había acabado la cuerda.

Y antes de que pudiera enterarse de dónde estaba, el niño oyó claramente una voz que decía:

—Ya era hora de que llegaras. He tenido que esperar un buen rato. ¿Has traído a rocafú?

7 *Almíbar Barca y Trinete*

QUIEN así hablaba era un gigantesco soldado de feroz aspecto, provisto de un sable y una escopeta. Pero no se dirigía a *Ninguno*, como el niño había supuesto en un principio, sino a un compañero que acababa de arribar a la orilla del río en una barca de remos.

—¿Qué? ¿Lo tienes o no? —preguntó el soldado.

—Ya está en la cabaña —contestó el hombre desde la barca—. Y te aseguro que no ha sido un trabajo sencillo traerlo hasta aquí. Ese rocafú no se deja atrapar fácilmente. Se mueve por los tejados con la soltura de un gato.

—No has debido dejarlo solo —gruñó el

soldado, saltando al interior de la barca con un movimiento preciso—. Es capaz de escaparse.

Su compañero se echó a reír.

—No hay cuidado. Está tan bien atado como una ristra de morcillas.

Hundió los remos en el agua, con golpes poderosos y callados.

La barca se alejó velozmente hacia la otra margen del río.

«Qué cosa más curiosa», se dijo *Ninguno*. «¿Para qué querrán ellos un rocafú?».

De ningún modo estaba dispuesto a marcharse sin haber visto de cerca al rocafú. Debía de ser algo muy importante, cuando todo el mundo lo estaba buscando.

Mientras reflexionaba, excitado, sobre la forma de llegar hasta él, vio acercarse a Camila, cabizbaja, con una zapatilla sí y otra no.

Nada más verla, observó que tenía el pelo del color del río. Algunos mechones le caían sobre la cara, como chorros de agua azul.

—No te lo creerás —dijo Camila—, pero

no ha sido posible encontrar ni un solo rocafú en toda la ciudad.

Al niño le brillaban los ojos de alegría.

—Yo sé dónde hay uno. Lo han capturado unos soldados. Lo tienen en una cabaña que está al otro lado del río. Necesi-
tamos un barco para cruzarlo.

Hablaba cada vez más de prisa, uniendo
unas palabras con otras:

—¡Tenemosqueconstruirlourgentemente-
hayquederribarunárbol!

Hablaba de una manera que apenas se
entendía lo que decía. Pero Camila lo entendía todo. Dijo con calma:

—Hay un puente cerca de aquí.

Camila era así. Ella encontraba siempre
el camino más sencillo.

Y atravesaron el puente.

No tardaron mucho en dar con la cabaña, a pesar de que estaba escondida entre
la alameda. Se aproximaron con prudencia,
resguardándose entre los árboles.

El soldado estaba partiendo leña ante la
puerta. Descargaba el hacha violentamente
una y otra vez, y saltaban las astillas del
tronco como los peces sobre el agua.

—Debe de tener muy mal genio —comentó Camila en voz baja—. Se llama Trinete.

El niño preguntó, sorprendido:

—¿Por qué lo sabes?

Y ella contestó, como si fuera la cosa más evidente del mundo:

—Se le nota en la cara. No hay más que fijarse.

A *Ninguno* se le puso la suya de tonto. Miró a Camila, miró al soldado, y no encontró ningún indicio de que se llamara Trinete.

Entonces se abrió la puerta de la cabaña, y el hombre de la barca voceó:

—¡Eh, Trinete! ¡A ver si terminas de una vez y encendemos el fuego, que me estoy quedando helado!

Se frotaba las manos para entrar en calor, y se balanceaba sobre las piernas, primero sobre una y luego sobre la otra.

—Ese otro se llama Almíbar —siseó Camila—. Es muy friolero.

Esta vez el niño no preguntó nada. Tan sólo comentó, divertido:

—¡Qué gracioso, como el melocotón en Almíbar!

—Almíbar Barca —corrigió Camila—. Es un nombre cartaginés.

Ninguno consideró que Camila se estaba haciendo un lío. Se notaba que no se había estudiado bien la lección de historia; pero no quería discutir, por si acaso. Empezaba a sospechar que Camila siempre tenía razón.

Trinete se pasaba la mano por la frente para quitarse el sudor.

Decía:

—Si tienes frío, ponte a hacer astillas. Verás qué pronto entras en calor.

—Prefiero partir leña antes que cuidar de rocafú.

—Alguien tiene que vigilarlo.

Y los niños ya no podían resistir la curiosidad. ¿Cómo sería aquel misterioso rocafú. ¡Pensar que estaba allí mismo, a sólo dos pasos, casi al alcance de la mano...!

Almíbar Barca se friccionaba enérgicamente los brazos para combatir el frío.

—Tiene muy malas pulgas. Y debe de estar hambriento. Eso es lo que le pasa.

—Hay bocadillos de chorizo en la fresquera —dijo Trinete.

—Ya le he dado uno, pero no quiere comerlo. Parece que no le gusta.

Lo niños cruzaron una mirada de inteligencia. Ya tenían una pista:

¡A los rocafús no les gustaba el chorizo!

—Y no es muy pacífico, que digamos —añadió Almíbar Barca—. Ha intentado romper las cuerdas por dos veces.

Los niños volvieron a mirarse. Ya sabían algo más:

¡A los rocafús no les gustaba estar atados!

—Es muy terco. Te apuesto que ése no va a dar su brazo a torcer.

¡Y tampoco les gustaba que les torcieran los brazos!

—Es capaz de tenernos despiertos toda la noche.

¿No dormirían nunca los rocafús?

Trinete clavó el hacha sobre el tronco y abarcó una gran brazada de leña.

—No hay prisa. Ya cambiará de opinión. Mañana por la mañana estará más dispuesto a obedecernos.

—Dice que no, que ni en mil años estará dispuesto a obedecernos.

Ahora sí que hasta la misma Camila puso cara de tonta.

Estaban paralizados de estupor.

¡Los rocafús hablablan!

¿Qué clase de ser prodigioso era aquél? Debía de tratarse de una especie única y maravillosa. Era preciso verlo, costara lo que costara.

Los dos hombres cruzaron el umbral, y la puerta de madera se cerró tras ellos.

—Hay que entrar enseguida —dijo Camila—. Tengo la sensación de que ese rocafú está en peligro.

Ninguno estuvo de acuerdo.

No parece que le traten muy bien; sobre todo, si le obligan a comer chorizo y a él no le gusta el chorizo.

Rodearon la cabaña, y en la parte posterior descubrieron la ventana de un dormitorio. Estaba demasiado alta para que *Ninguno* pudiera alcanzarla. Camila se subió a una piedra y se asomó al interior.

La habitación estaba vacía. Tal vez consiguiera saltar sobre el alféizar.

Súbitamente se encendió la luz, y la niña se agachó con rapidez.

Había estado en un tris de ser descubierta. Se oían las voces de Almíbar Barca y Trinete.

Estaba claro que no podían entrar por allí.

Por la puerta, tampoco.

Para un niño tan pequeño como *Ninguno*, los problemas eran, con frecuencia, más difíciles de resolver que para los demás. Pero en esta ocasión, precisamente, el ser tan menudo iba a resultarle muy útil.

Él lograría entrar en la cabaña por un lugar por donde ningún otro niño hubiera cabido.

¡Por la gatera!

Algunas casas antiguas tienen, en la parte baja de la puerta, un huequecito para que entre y salga el gato.

Por allí entró *Ninguno*.

NADA más entrar en la cabaña, *Ninguno* abrió la puerta silenciosamente, para que pudiera pasar Camila.

El interior estaba iluminado por el fuego que ardía en la chimenea; y, al principio, lo creyeron desierto. Poco a poco, sus ojos se acostumbraron a ver en la oscuridad, y en un rincón, triste y cariacontecido, fuertemente atado a una silla, descubrieron a Rocafú.

¡Rocafú era un niño!

Por eso era alguien tan importante y valioso.

Por eso era imposible encontrar otros rocafús.

Igualmente podía haber sido una niña.

En cualquier caso, era un ser único, irreemplazable.

Jamás existiría otro ser igual a él.

Eso sí, Rocafú no era un niño como los demás. Se diferenciaba en algunas cosas.

Por ejemplo, era capaz de andar por los tejados y pasearse por un rayo de luz, como si tal cosa.

Entendía el lenguaje de los animales y de las plantas.

Y no tenía nada suyo, únicamente una gran cartera de lona, donde llevaba la correspondencia.

Rocafú era cartero.

Eso sí, tampoco era un cartero como los demás.

Rocafú no vivía aquí ni allí. Vivía en todos los sitios.

Para él nunca era hoy ni mañana. Todos los días eran un mismo día.

Hasta los que habían transcurrido hacía cientos de años.

Tan pronto estaba llevando un mensaje de un visigodo del siglo sexto, al que le hacían daño las sandalias, como entregando a doña Jimena una carta de su marido, el Cid Campeador.

O le traía a la viejecita de la buhardilla las postales de colores que le escribía su nieto desde Australia.

O le acercaba un telegrama con buenas noticias a un hombre solitario del futuro.

O ayudaba a un niño a escribir la carta para los Reyes Mayos, en el año tres mil.

Rocafú no paraba.

Andaba todo el día al retortero por los laberintos del tiempo.

Y en una de estas idas y venidas, cuando más descuidado estaba, le habían capturado Trinete y Almíbar Barca, le habían sujetado con fuertes ligaduras para que no se escapara y se habían ido, tranquilamente, a cenar a la cocina.

Los niños escucharon su historia maravillosa. Y, en vez de liberarlo inmediatamente, se pusieron a hacerle miles de preguntas, todas seguidas, trabucándose, quitándose la palabra de la boca el uno al otro:

¿Cómo eran los niños visigodos? Y los fenicios ¿qué comían? ¿A qué jugaban? ¿Ha-

bía conocido Rocafú al emperador Carlos I?
¿Y a Viriato? ¿Y a Cristóbal Colón? ¿Cómo
era Cervantes de pequeño? ¿Había estado
en el palacio de Abderramán III? ¿En la cor-
te de los faraones? ¿En las pirámides de
Egipto? ¿Qué iba a suceder en el año dos
mil trescientos cincuenta y uno? ¿Qué hacían los niños del año tres mil? ¿Iban al colegio? ¿Les ponían tarea?

Era igual que preguntaran o no y que
Rocafú les escuchara con mucha paciencia,
porque no le daba tiempo a responder
nada. Organizaron tal barullo, que pasó lo
que tenía que pasar. Los soldados irrumpie-
ron en el cuarto, armados y alarmados, los
fusiles listos, el rostro alerta.

—¿Quién demonios anda aquí? —rugió
Trinete.

Y vieron, parada junto a la chimenea,
con una zapatilla sí y otra no, a una niña
de expresión sosegada que tenía el pelo del
color del fuego.

Era imposible que ella sola hubiera ar-
mado semejante escándalo.

—¿Dónde está el otro? —vociferó Almíbar Barca—. He oído hablar a otro niño.

—Tiene que haber otro chaval —le apoyó Trinete—. Esto parecía el patio de una escuela.

Y por más que buscaron y rebuscaron, no encontraron a *Ninguno*.

¿Cómo iban a figurarse que se había escondido en el cesto de la leña?

No podían imaginar que hubiera un niño tan diminuto que cupiera en el cestillo. Y hasta le sobraba sitio.

Ataron a Camila a otra silla.

—¿Por dónde diablos has entrado? —le preguntaba Trinete.

Y ella contestaba que por la puerta, porque ella siempre decía la verdad. Y no se lo creían.

—¿Quién más venía contigo? —le preguntaba Almíbar Barca.

Y ella contestaba que *Ninguno*, porque ella siempre decía la verdad. Y se lo creyeron.

Almíbar Barca se encaró con Rocafú:

—Mi paciencia se está acabando. ¿Vas a cumplir nuestras órdenes?

—Ya no las recuerdo —contestó Rocafú haciéndose el distraído—. Cuando estoy atado, se me olvidan las cosas.

Trinete era tan cándido que le hubiera soltado, si Almíbar Barca no se lo hubiera impedido.

—Te ayudaremos a hacer memoria. Vas a emprender un viaje...

—¿Adónde?

—Al *País de la Repetición*, donde todas las cosas son dos. Irás y nos traerás el tesoro.

Ninguno estaba muy incómodo. La leña le picaba en el cuerpo y las palabras le llegaban hechas astillas. ¿Habría entendido bien? ¿Era posible que existiera un lugar semejante?

Rocafú le decía a Almíbar Barca que no iba, que el *País de la Repetición* quedaba lejísimos, a cientos de años de distancia; que se cansaría mucho.

—Primero hay que encontrar el camino que lleva a las dos montañas azules —decía—, y luego cruzar los dos puentes que atraviesan los ríos gemelos. ¡Me cansaré el doble!

—No busques disculpas —gruñó Trinete—. Sabemos que has estado allí la semana pasada.

—Es verdad —admitió Rocafú—. Fui a llevar un par de cartas a mi amigo Lucas-Lucas. ¿Cómo os habéis enterado?

—Te vinieron siguiendo dos tortugas enanas que tienen un dibujo idéntico en el caparazón.

Precisamente en ese momento, Rocafú las sentía rebullir en el bolsillo trasero de sus pantalones.

—Es una misma tortuga —les explicó—. Todas las cosas están repetidas allí. Y también la gente. Los niños no se llaman Juan, sino Juan-Juan, porque son dos.

«¡Qué barullo!», pensó *Ninguno*. «No me gustaría ser dos. Tendría que lavarme cuatro orejas y cepillarme... ¡docenas de dientes!».

Camila, en cambio, estaba diciendo:

—¡Es estupendo! Puedes jugar al escondite contigo mismo, o patinar en la nieve al tiempo que ordenas tu habitación.

Almíbar Barca y Trinete la obligaron a

callar. Ellos no estaban interesados en esos detalles. Tenían entre manos un asunto más importante: apoderarse del tesoro que ocultaban las dos montañas azules.

—Hay tesoros escondidos por todas partes —protestó Rocafú—. ¿Por qué ir a buscarlo tan lejos?

—En el *País de la Repetición* no hay un tesoro, sino dos —le replicaron—. Y como nosotros también somos dos, un tesoro para cada uno. Así no disputaremos.

Rocafú opinó que estaba muy bien pensado. Sin embargo, dijo:

—Pero el tesoro no está custodiado por un soldado, sino por dos. ¿Cómo lograré quitárselo?

—Te prestaremos nuestros fusiles para que te enfrentes a ellos.

—Tengo muy mala puntería —dijo Rocafú. Y se puso a mirar hacia otro lado.

Se veía claramente que era un pretexto, y que no quería meterse en guerras. Ni siquiera le gustaba jugar al parchís, porque unos pierden y otros ganan. Jugaba a unos juegos muy sosos que sabía él, en los que nadie perdía y nadie ganaba. Cuando, por los caminos de la historia, le pillaba alguna guerra, él sólo se ocupaba de entregar a los soldados las cartas que les escribían sus padres o sus amigos. Y de estar prevenido, eso sí, no fuera a alcanzarle una bala perdida.

De modo que dijo que le dejaran en paz, que no tenía ni la más remota intención de pelearse con nadie, ni de robar sus tesoros a la buena gente-gente del *País de la Repetición,* donde todas las cosas son dos.

«Menos mal», meditaba *Ninguno.* «No me haría gracia tener un amigo que fuera por ahí metiéndose con la gente».

Oía la voz de Almíbar Barca, lloriqueando:

—Era nuestra oportunidad de hacernos ricos...

Y Trinete lo consolaba, porque era un buen compañero.

—No te preocupes, Almíbar, que ya verás cómo eso lo arregla Rocafú.

Rocafú dijo que tenía hambre; tenía tanta hambre que hasta era capaz de comerse un bocadillo de chorizo.

—¡Ni chorizo ni nada! —dijo Trinete—.

No comerás ni beberás mientras no obedezcas.

Echó el cerrojo a la puerta y se fue al dormitorio. Almíbar Barca decidió dormir en el sofá, a fin de vigilarlos mejor. No se fiaba de lo que pudiera ocurrir. ¡Y eso que no contaba con *Ninguno*! *Ninguno* le observaba por un agujero del cesto. Cuando vio que se había quedado dormido, saltó fuera cautelosamente y se aprestó a liberar a sus amigos. Intentó deshacer los nudos de las cuerdas. Pero estaban tan apretados que no lo consiguió. Entonces rebuscó por todos los cajones hasta encontrar unas tijeras. Y en ese momento Almíbar Barca abrió un ojo.

Vio los cajones fuera de su sitio, y los armarios de par en par. Si hubiera mirado en sus botas, hubiera encontrado a un niño muy pequeño escondido dentro; pero no miró.

—¿Quién ha abierto los cajones? —preguntaba, perplejo.

Y Camila se lo dijo:

—*Ninguno*.

Pero él no lo creyó.

—¿Me tomas por tonto o qué? —gruñía mientras los iba cerrando, porque era muy ordenado—. ¿Acaso se han abierto ellos solos?

Una vez que todo estuvo como era debido, se tumbó nuevamente en el sofá. Le pareció que una de sus botas no estaba en el sitio en donde él la había dejado. Cerró los ojos y los volvió a abrir. ¡Qué cosa más rara! Juraría que la bota había avanzado un trecho... Aunque no podía ser...

«¡Bah!», se dijo. «Las botas no andan solas».

Y se quedó dormido. Soñaba que era doble, como las páginas de un libro, y se tenía tanta rabia que no se podía soportar. Todo el tiempo estaba peleándose consigo mismo.

Entretanto, *Ninguno* saltó de la bota y cortó las cuerdas que aprisionaban a sus amigos.

¿Creéis que salieron corriendo y se pusieron a salvo enseguida? Pues no.

Rocafú tenía hambre, y quería un bocadillo... Aunque fuera de chorizo.

Y Camila se probaba la bota del soldado en el pie que no tenía zapatilla.

—Me está muy grande —comentó—. La usaré como lancha para cruzar el río.

Y se la llevó.

Eso fue lo que más enfureció a Almíbar Barca cuando despertó: encontrarse con una bota de menos y sin un solo bocadillo. Rocafú se los estaba comiendo todos.

—¡Alerta! ¡Alerta! —vociferaba—. ¡Los prisioneros se escapan!

Y Trinete irrumpió como un huracán, con un gorro de lana que usaba para no constiparse y un largo camisón.

Uno y otro se quedaron pasmados mirando la cartera de lona, llena de cartas, que brincaba sola de aquí para allá y que saltando, saltando, se escapaba por la puerta como el que no quiere la cosa. Ya os suponéis quién iba dentro... Y cuando empezaron a reponerse de su estupor, Rocafú tampoco estaba allí.

Se había ido a llevar a la viejecita de la buhardilla la postal que le mandaba su nieto, y a darle un rato de conversación.

Después acompañó a *Ninguno* hasta su casa, lo arropó y le sirvió un vaso de leche.

A continuación abrió la ventana, se montó a horcajadas en la luz de la farola y se alejó.

Justo en ese momento, mamá entraba a darle el beso de todas las noches. Echó una mirada a *Amigo*, que dormía sobre la colcha, y dijo con firmeza:

—El perro no debe dormir en tu cama. Tendrás que buscarle otro sitio.

Pero no dijo que no pudiera quedarse. Faltaba poco para el día siguiente, y estaba a punto de ceder. Camila se lo había asegurado: «Al segundo día siempre dicen que sí».

Antes de salir, su madre lo miró, todavía, con un asomo de inquietud.

—¿Dónde te has metido toda la tarde? ¿Qué has estado haciendo?

—He salvado a Rocafú —dijo *Ninguno*.

Y mamá pensó que ya estaba medio dormido y que hablaba en sueños...

9 *Hasta luego*

Aquella semana, el niño estuvo muy ocupado preparando las evaluaciones y haciendo una caseta para *Amigo*.

A decir verdad, construir la caseta no le llevó mucho tiempo; no más del que tardó en dibujarla.

El caso es que, cuando quiso caer en la cuenta, hacía más de quince días que no veía a Camila.

«¡Bah!», reflexionaba el niño. «Ya volverá. Estará haciendo un recado para algún amigo».

Se asomaba por la ventana de vez en cuando y miraba hacia el prado, para ver si había vuelto. Lo que ocurre es que, con Camila, nunca se sabe.

Anda siempre de un lado para otro, con su pelo de color de sol, buscando atareada sus zapatillas y haciendo pequeños encargos para alegrar a la gente.

Como es tan despistada, con frecuencia confunde las direcciones y se pierde en lugares lejanos.

Nunca se sabe cuándo va a aparecer.

A *Ninguno*, en cambio, le podéis encontrar, cualquier día, a la salida del colegio.

Suele ir con un perro muy simpático, que tiene las orejas azules.

Y si le preguntáis de dónde lo ha sacado, él mismo os lo contará.

Índice

EL BARCO DE VAPOR

EL BARCO DE VAPOR

SERIE NARANJA (a partir de 9 años)